一个人的时候，跟着我出发吧

你要去哪里呢？我的朋友。

别再一个人行走。

跟着我出发，沿着我的足迹，去看一看你的成长与孤独。

这本书里 92 个故事，不止属于男孩和毛团，也属于你和我。

我在写这些文字的时候，恰好是人生最动荡不安，却是心里最平静的一年。

不断地跌倒，又不断地爬起来。

内心孤独且悲伤，直到我遇见了插画师钢琴节奏，遇见了这些画，与男孩和毛团相逢。

我在为他们写下故事或文字时，也在治愈自己。

有时文字并不是我写下的，而是自然而然地出现在我的笔下。

我知道，你我都在自己的星球上，如零零散散的岛屿，可它最终会找到海。

我愿我的想象，我的梦，我的文字，成为你想见到的大海。

安慰你的孤独后，我们做永永远远的朋友。

男孩和毛团的治愈之旅

韦娜——著

钢琴节奏——绘

我会在失眠的夜晚

吞下月亮这片药

北京日报出版社

图书在版编目（CIP）数据

男孩和毛团的治愈之旅 / 韦娜著 ; 钢琴节奏绘. --
北京 : 北京日报出版社, 2022.1
ISBN 978-7-5477-4212-9

Ⅰ.①男… Ⅱ.①韦… ②钢… Ⅲ.①随笔—作品集—
中国—当代 Ⅳ.①I267.1

中国版本图书馆 CIP 数据核字 (2021) 第 258513 号

男孩和毛团的治愈之旅

出版发行：北京日报出版社
地　　址：北京市东城区东单三条 8-16 号东方广场东配楼四层
邮　　编：100005
电　　话：发行部：（010）65255876
　　　　　总编室：（010）65252135
印　　刷：运河（唐山）印务有限公司
经　　销：各地新华书店
版　　次：2022 年 1 月第 1 版
　　　　　2022 年 1 月第 1 次印刷
开　　本：889 毫米 × 1194 毫米　1/24
印　　张：8.5
字　　数：120 千字
定　　价：68.00 元

目录

第一个篇章

失去与想念：聚散无常，别来无恙

我在等待风吹来星星，也在等待风吹来你的讯息。

即使你已消失不见，我也从未怪过你的不辞而别。

未来的某个清晨，我渴望梦见你，却不期待再次遇见。

01 这是我的世界，也是你的

你好，欢迎你来到我的世界，如果你也是这个城市里某个孤独的人。

可以读完我写给你的信再走。

也可以陪着我一起孤独片刻。

02 亲人去世

做过一个关于秋天的梦，明亮的金黄色。

那天亲人去世，分明是失去，男孩却感觉到了解脱的温暖。

或许到了另一个地方，你就不会疼了。

03 等待

男孩说："你可以在门外等我一下吗？"

毛团回答："为什么不可以？"

男孩说："你真好，愿意心甘情愿地等。"

毛团回答："你要记住，我不是对每个人都这样。"

04 外婆去世

外婆去世的时候，恰好是我的生日，我再也没有外婆了。

我不敢回去，怕回忆太多。

泪水在眼里打转，我不敢哭，怕控制不住自己。

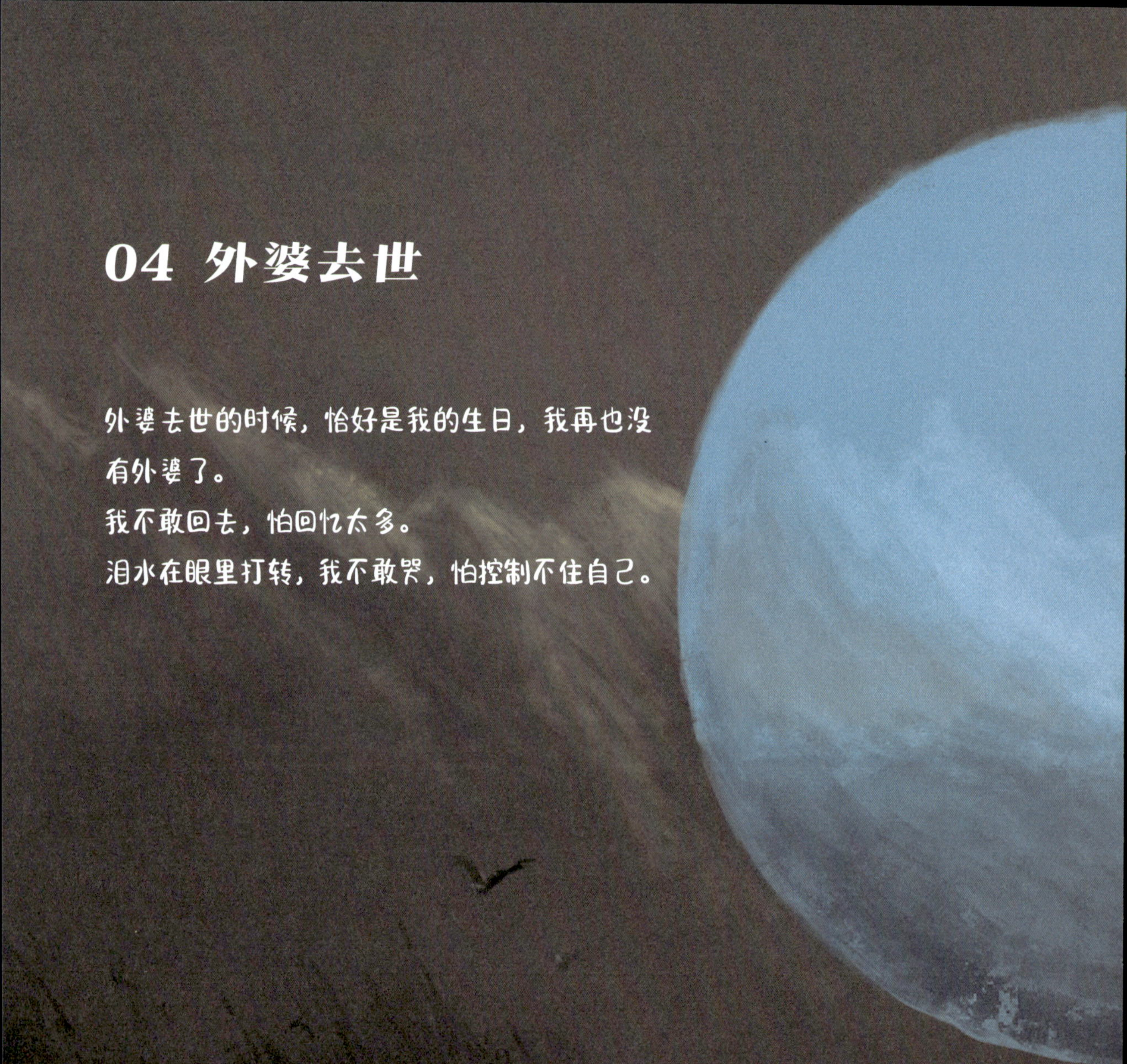

他们说外婆变成了天上的星星，
但是星星那么多，哪一颗是外婆？
外婆，如果你想我了，记得来梦里找我，
拜托啦。

05 记忆和爱

那年我14岁，第一次出远门，去北京学画画。

我住在了地下室。那时的我，害羞又孤僻，乖戾又叛逆。

有个女孩跑来送给了我一根香蕉、一个橘子，说喜欢我的画。

从此以后，她就住在了我的梦里。

毛团说，记忆比爱忠诚。

06 陪伴

每个人都需要一个树洞，当他把自己关起来的时候。

即使是最亲密的朋友，也无法一直陪伴左右。

毛团说："我想去落叶中打滚。"

男孩说："我想它们回到树上。"

07 遗憾

男孩问："只有成为遗憾，我们才会念念不忘吗？"

毛团回答："除了遗憾，还有挚爱。只是挚爱越来越难发生在真实的生活中。"

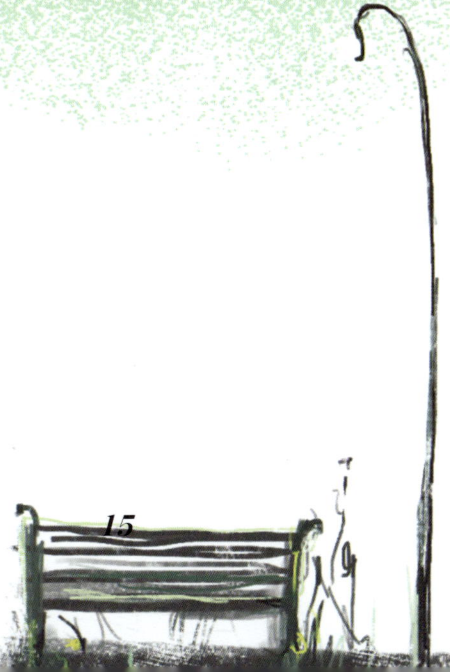

08 遇见一个很像她的人

男孩："那天我遇见一个很像她的人。

样子很像。走路很像。我知道那不是她，

可我看了好久。"

毛团："也有一个人会这么怀念你。"

09 辞职删同事

男孩："辞职以后，我删掉了所有同事的联系方式。"

毛团："不用特意删掉吧，他们也会忘记你。人和人的链接比你想象中脆弱。"

10 少年与成长

男孩："我时常觉得思绪如野草般，随风飘荡。"

毛团："等你长大，平静的时刻越来越多。便不再心乱如麻。"

男孩："我想一直做少年。"

毛团："那你就要时时刻刻忍受心的不安定。"

11 爱你的人会理解你的

男孩："他们都觉得我冷若冰山。"

毛团："那是因为他们不爱你。爱你的人就会理解你的冰冷。"

男孩："可是我想打碎内心的冰山。"

毛团："人展现出来的都是他的冰山一角。接纳比打碎更需要勇气。"

12 你也是我，我也是你

男孩问：“你存在吗？我的朋友。”

毛团说：“你需要我存在，我就存在。”

男孩问：“那你到底是谁？”

毛团说："我是勇气、思念，是行动、力量，是悲伤、沮丧。我是你的心间一念，是云朵水滴。我是你的朋友，最亲密的人，身下的影子。我也可以，什么都不是。"

男孩说："最重要的是，你也是我。"

13 最美的地方是梦里

男孩："你去过最美的地方是哪里？"

毛团："你的梦里。五彩纷呈，而又朦胧隐晦。"

14 每个人都有自己的路

毛团：“如果你感到疲惫，就要停下来，然后慢慢地走。”

男孩：“可我一旦慢下来，就会恐惧。怕自己被世界抛弃。”

毛团：“可每个人都有自己的阶梯，要一步步爬，一步步感受。”

15 搬家

男孩说："每次搬家，我就在想，如果我离开北京，我该去哪里。"

毛团说："成年后，能接纳我们的地方只有自己的心。"

16 跑得最快的人

男孩抱怨：“不管走到哪里，都好像有无尽的压力，
要做的事情追着我跑。”
毛团说：“所谓的成长，就是你比它们跑得都要快。”

17 那个内心平和的人

男孩说："我加班到晚上八点的时候，鼻子流血了。我平静地擦干净后，给妈妈打了一个电话，点了最爱的甜点。又加班到了十点。没有委屈，震惊。没有抱怨，不安。"

毛团抱着他说："内心平和的人默默吞下了所有的难过。"

18 大自然真好

大自然真好，沧海桑田，斗转星移，从不过问人间种种，却谱写了所有的一切路过，以及结局。

第二个篇章

成长的过程：看世界，找自己

成长是什么？每个人的答案都不相同。

十几岁，以为成长是身体快速长大，长成更强壮的人、更勇敢的人、可以去远方流浪的人。

二十几岁，以为成长是努力赚钱，买房，买车，证明自己的成功。

三十几岁，终于懂得，成长是保持内心的平静，有能力保护身边的人不受伤。

19 换一种角度看生活

男孩：“比沉浸在一件痛苦的事情中，更重要的是什么呢？”

毛团：“换一种角度看生活。”

20 执行本身就是一种力量

男孩说："突然之间我放下了所有的执念，毕竟还有万里路要行走。"

毛团说："人生顿悟的时刻都无比珍贵。执行比顿悟更珍贵。"

21 风也有它的心情

男孩忧郁地说："这个城市的风很大，却没有一缕在等我。"

毛团说："你没看到风后面的世界，是我的怀抱。"

22 他们说什么都不重要

他们说，悲观者往往正确，乐观者往往成功。

毛团说："长大后，你会明白，他们说什么都不重要，重要的是你相信什么，愿意付出什么。"

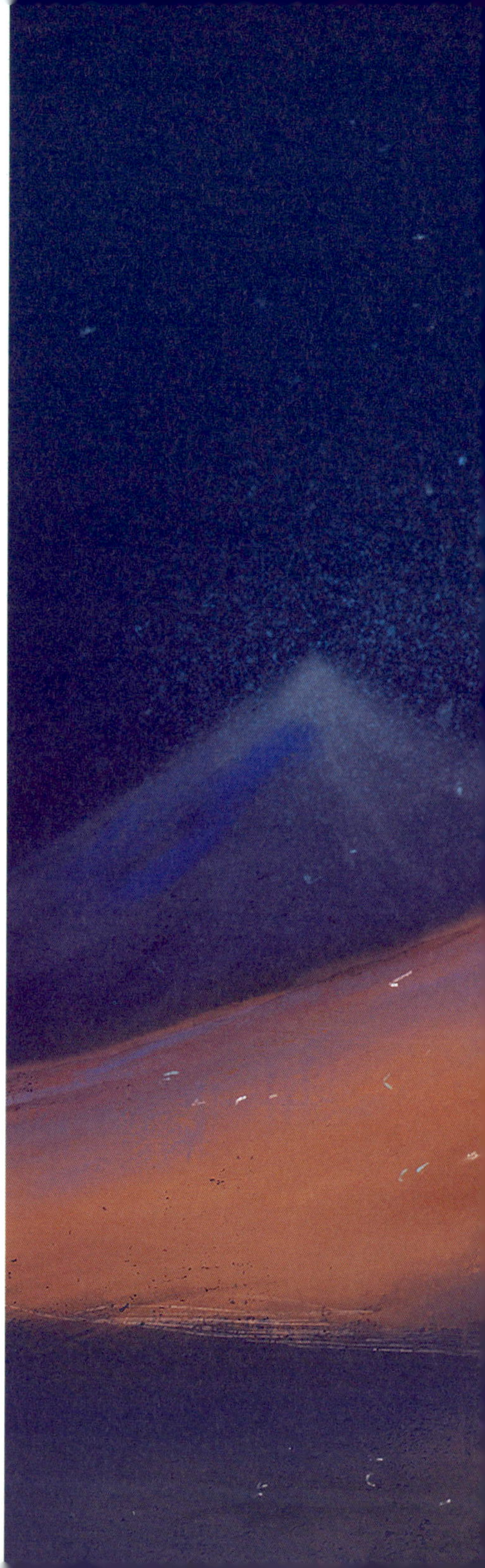

23 看人看世界

男孩说：“我只有在黑暗的灯光下才能看清楚一些人。”

毛团回答：“有时候看不清反而更好。”

我们看清楚的人和物，未必是真实的世界。

24 期待万人瞩目的一刻

男孩说：“毛团，等有一天我登上舞台，万人瞩目时，你也要陪着我。”

毛团说：“行动上的矮子，怎么做到万人瞩目？”

男孩说：“我也不想，我大概患了拖延症。”

毛团说：“可惜我没有药。”

25 生活的另一种选择

男孩说：“每一次我以为只有一条路时，会发现走过去还有其他的选择。”

毛团说：“你应该为有选择感到幸福。毕竟，很多人只能原地站着。”

26 秘密

男孩问："冬天是什么颜色？"

毛团说："一定是蓝色的。纯粹、干净的浅蓝色。"

男孩说："深深浅浅的蓝，仿佛大海，掩藏了我所有的秘密。"

毛团说："你的秘密都告诉了我。我的秘密却无人可说。"

27 没有什么是长盛不衰的

男孩：“当我还是小男孩的时候，我渴望拥有星星。”

毛团：“那我就送你漫天星光。”

男孩：“我不敢要，我怕与众不同的喜悦后，是无尽的失落。”

毛团：“这个世界没有什么是长盛不衰的。星辰、花海、情谊都有它的四季。”

28 家乡的模样

男孩喊道："我喜欢这片麦田，是家乡的模样，是小时候跑过的地方。是受伤后释然的感觉，是冷漠的人群里温暖的光。"

毛团说："你应该为受伤感到快乐。心在麻木时，毫无感觉。"

第三个篇章

热闹与清醒：即使再难也想自由自在

一直以为自己有很多能力、价值、力气、时间等正向的精气神。
可这个城市好像更欢迎那些越来越年轻、优秀，更愿意付出的年轻人。
会不会有那么一天，
即使拿出所有时间与经验来交换，都不会换来工作的认可；
即使交出一颗真心与卑微的恳求，也不会等到爱情的降临。
然而即便要失去那么多，我也想拥有一颗自由自在的心。

29 珍惜拥有你的我

男孩:“小时候，爸爸给我折了一架纸飞机。我在公园放飞它，再次回到家。爸爸和妈妈分开了。他们都说还爱着我，只是不爱彼此了。

我这个多余的人，后来最怕的就是纸飞机。”

毛团:“每一个人都值得更好的人去拥有。比如拥有你的我。”

30 寻常时就会很快，无常时就会很慢

男孩：“一觉醒来已是冬天，仿佛春天还没有过完。”

毛团：“时间有时快有时慢。寻常时就会很快，无常时就会很慢。”

31 理解是一场空

男孩:“我的世界狂风不止，你却说风和日丽。”

毛团:“每个人的眼里看到的，都是他自己对世界的理解。”

32 万物都有保质期

男孩回忆道："读书的时候，我有一个笔友，经常和我通信。一开始手写，后来发邮件。再后来我们有了电话号码，却再也没有了交流的热情。"

毛团说："交流也有它的保质期。"

33 无路可退的退路

小时候读《老人与海》，认为老人是一个英雄。

长大后才明白，每个人都是在海里与大鱼搏斗的那个老人——

要尊严，要生存，无法妥协，也没有退路。

34 你是我的全部，我是你的一部分

我突然觉得，孤独是孤独的一部分，美好是美好的一部分。

所有的情绪、触动、体验，不过是世间一隅。

可转瞬即逝，可永恒存在。

35 时间和价值的关系

男孩说:“我曾把所有的堕落都归罪于时间不够。”

毛团说:“时间,会让深刻的东西更深刻,也会让肤浅的东西更肤浅。”

第四个篇章

享受孤独：态度本身就是答案

如果有一天我感觉不到孤独，那就不是我了。

可是我相信并不是每个人都能感受到孤独。

很多时候，很多人，会把自己的时间排满，即使日程只是无效的交流、无意义的聚餐。

日益麻木的眼睛不愿再看懂复杂且脆弱的人际关系。

唯独想把天真与善意，留几分给自己。看着它们汇聚成光，照亮了前方的路。

36 交流

男孩说："我曾经和一个人交流了整整一个晚上。毫无倦意。我特别怀念那个夜晚，那个人。"

毛团说："交流是奢侈的。爱情也是奢侈的。因为它们都需要时间。"

37 最爱的人

男孩说：“我太悲伤了，居然弄丢了最爱的人。”

毛团说：“慢慢你会接受，一个人从你生命中消失，就像一滴水落入湖中，融入大海。依恋与喜欢，比我们想象中更容易消失。”

38 如何表达爱意

男孩说："我做过一个特别美好的梦，绚丽到极致。有个女孩翩翩起舞。我无数次梦见她，她却从未梦到过我。"

毛团说："可能梦到也不敢对你说。毕竟深深的爱与浅浅的喜欢，都是不知道如何表达才好。

39 最爱的女孩结婚了

男孩说："我最爱的女孩结婚了，她说她的梦想是到海底生活一天。她还说我像水草，温柔，善解人意。"

毛团说："她们可能喜欢'海底'，但最终都会嫁给'陆地'。"

40 你不要叫醒我

男孩说：“如果我在春天睡着，你不要叫醒我。让我在其间多躺一会儿。”

毛团说：“多数人的醒来，都是自然而然的清醒。我叫不醒一个心甘情愿躺平的人。”

41 认真的人最可爱

男孩：“我发现认真爱着一个人的时候，爱像流动的盛宴，绚丽、丰富，像凡·高的画作。”

毛团：“保持这个状态，你就不会受到伤害。即使被拒绝，你也完整地爱过一个人。”

42 假如爱都有一个约定

男孩:“后来，我在我们初次相遇的咖啡馆等她到天黑。她也没有如约出现。”

毛团:“你要知道，爱本来就不一定是守信的约定。”

43 爱的专属星球

男孩："每个人都有自己的星球吗？"

毛团："爱自己的人会拥有专属星球。不爱自己的人，星球会主动破碎，融化为别人的一部分。"

第五个篇章

关于爱情：
也许词不达意，但我很开心遇见你

在爱着你的时间里，我想起了好几个特别美好的时刻。

这几个时刻，就是美好关系的纽带。

我不会细致地探究一个人是否爱我，喜欢我。

我只记得相处的时候，究竟有过几个美好的时刻。

毕竟，美好的关系，就是两个人在一起的形态，补充了生命原本的意义。

赋予了世界不可见的温暖与存在。

但我们并不擅长表达爱。

在爱的面前，并无欢欣雀跃，仿佛青春期不知如何去爱的男孩。

44 你要藏好你的软弱

男孩说："如果有一天你再次路过我，请记得从故事里叫醒我。"

毛团说："你要记得藏好你的软弱，不要让人乘虚而入。不要泛滥地去爱，不要虚张声势，也不要强制地占有。"

45 你我都有委屈的一刻

一个下午，毛团陪着无比委屈的男孩，陷入无尽的沉默。

毛团安慰道：“不管别人怎样伤害你，忽视你，你要相信时间，相信真性情，相信温暖。”

男孩点点头表示赞同，但还是流下了眼泪。

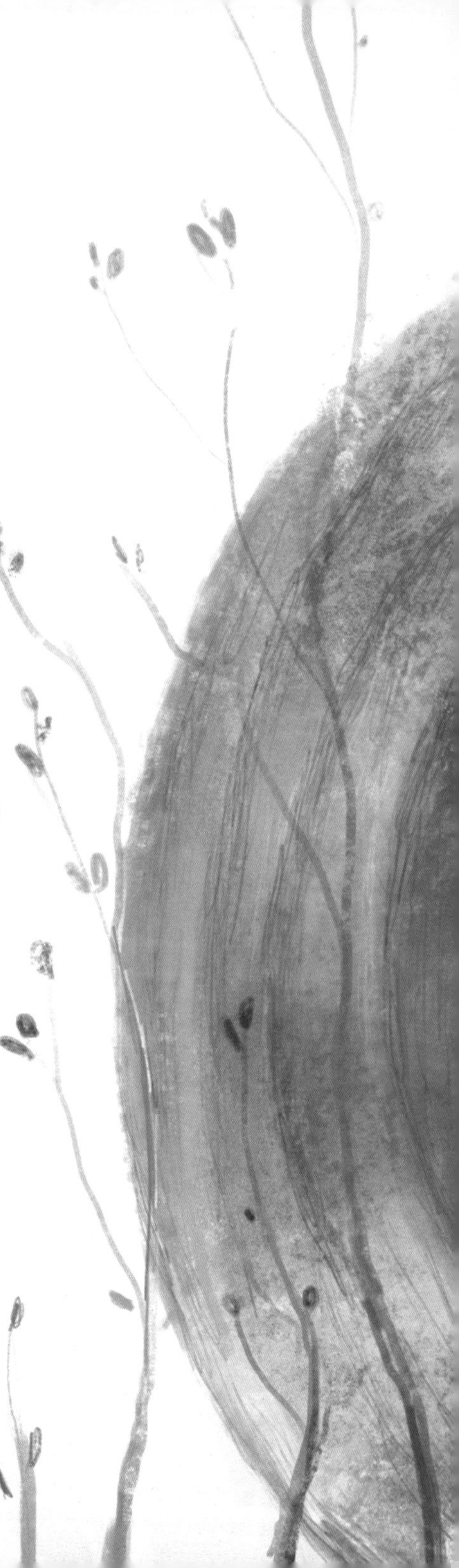

46 期待有几个说真话的朋友

男孩说："你想拥有一个什么样的朋友呢？"

毛团说："我期待拥有几个说真话的朋友，让我难过、清醒；也期待拥有几个顺我心的朋友，给我鼓励、温暖。"

47 我做了个噩梦，梦见自己消失了

男孩说："我做了个噩梦，梦见我能看到全世界，我却消失了。"

毛团安慰道："只要有一个人还记得你的名字，你就不会真正消失。"

48 失眠的人都有一个故事

男孩说："大学毕业后，我一个人在城市经常失眠。失眠的时候，梦醒着，月亮也醒着。"

毛团说："每一个失眠的人都有一个故事，或一段压力。"

男孩说："所有失眠的名字，都叫孤独。"

49 陪你看书的下午

男孩：“有那么一个下午，我们轻松相伴，看看书，便觉得无比满足。”
毛团：“原来爱就是轻松以对，不思考也很享受的状态。”

50 错过的人生旅程

我以为你只是我错过的一班车，一路风景。
其实你是我错过的一段旅程，无法复制的人生经历。

51 自我是什么

后来，我才明白，自我分为现实的自我以及想象的自我。

往往人会沉浸在后一种自我中，并把它当成真正的自己。

52 最重要的人

男孩："多年后，我在人群中依然认出了她。"

她却不再记得那个曾陪她看过电影的男孩。

毛团："唯一重要的人，是一直陪伴你的那个人。路过的仅仅是回忆。"

53 遮风挡雨

男孩说："我为你挡过的风雨，都落在了我的心里。"

毛团说："人有时会把自己想得过高，或过低。你看到的世界，也并非全貌。"

54 喜欢出差

我喜欢出差的理由是，吃完这顿饭，开完这个会，就可以离开。不用特别熟悉，就能满足这段旅程的期待。

55 与人群融为一体

男孩站在街头怀念毛团——我终于错过你了。在这人群中，你消失不见，与人群融为一体。

毛团说："你会遇见下一个我，就像我会遇见下一个你。"

56 社恐人的慌乱

男孩："我不喜欢聚会、团建、开会等一切有仪式感的群体活动。"

毛团："其他人也在掩饰内心的慌乱。"

57 未来的未来

男孩说："那个奔跑的男孩终究会长大，未来却并不一定如他所愿。"

毛团回答："即使归来无法是少年，也不要有沮丧的预判。"

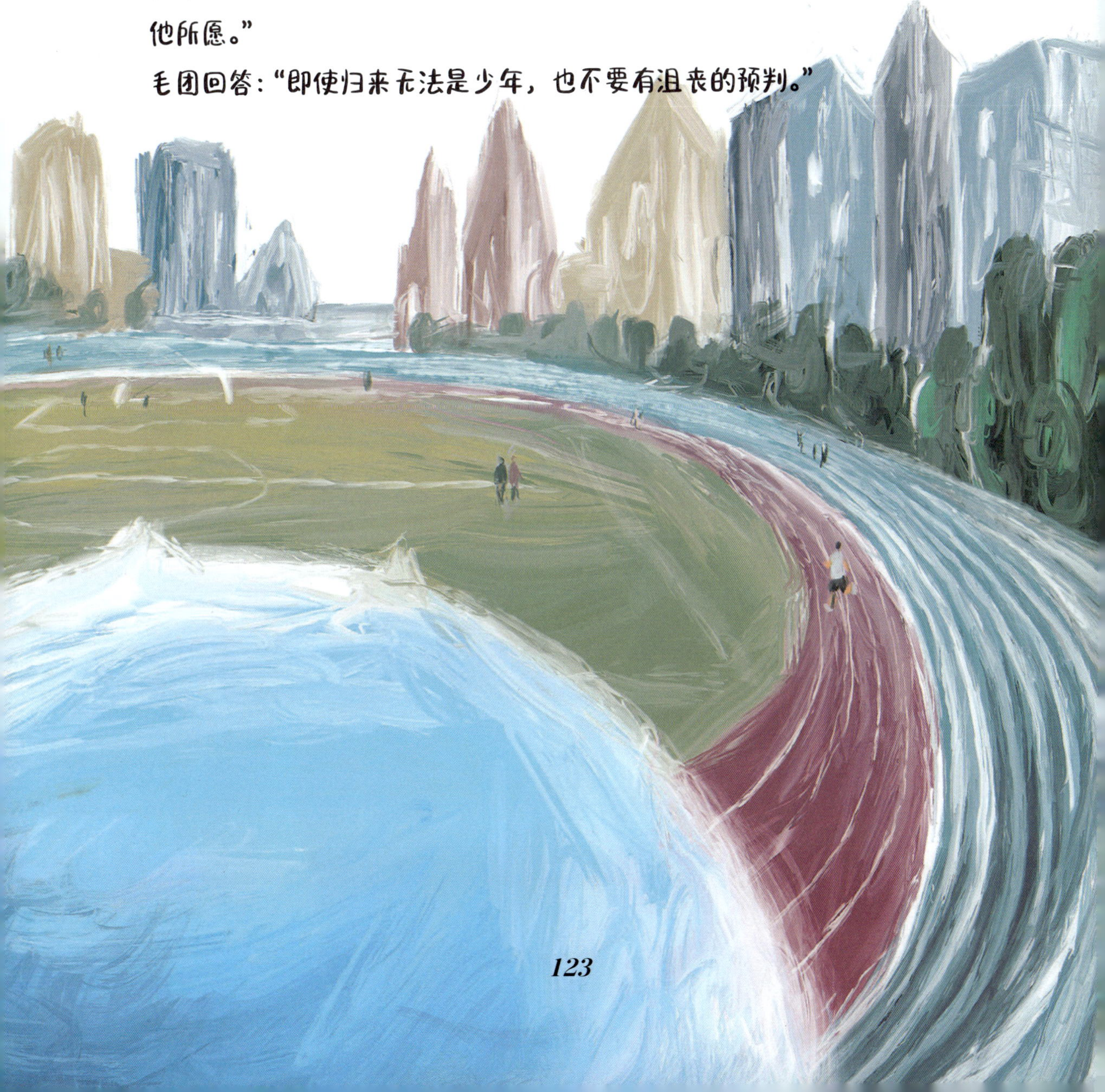

58 外婆，好久不见

男孩说："外婆种的红苹果，我也想分你一颗。"

毛团说："虽然这是梦，我想陪你走完，一起怀念拥有外婆那段时光的温暖。"

59 原来我也拥有全世界

男孩说：“有时我觉得全世界都是彩色的，也是我的。
虽然它并不是，我却享受这一刻的幻觉，充实又满足。”
毛团说：“偶尔想象自己拥有全世界，是每个人的权利。”

60 出发与到达的意义

男孩：“我终于来到了远方，却发现它不是我想象中的样子。”

毛团：“所以，我们要不停地到达，再出发，再到达。经历与成长，是全部的意义。”

61 我是你的星辰大海

男孩："每个人都是住在不同时空的星星，
在相遇的这一刻碰撞，粉碎。"
毛团："爱，就是在一个人面前原形毕露。"

62 我不属于城市

城市不属于男孩，男孩也不属于城市。

倔强的孩子从海边来。

在陌生的地方经历一场，还会顺着风的味道回到海边去。

63 孤独的模样

每次加班到凌晨回家，我发觉，孤独
是一片金色的光。
是城市的亮光，是心中的梦想，也是
漂泊者的模样。

64 渐行渐远却从未说再见

我们终于走远了。

在前方的路上，自此不见。

无论你怎样怀念我，我都会渐渐模糊。

男孩说："可我从未想与你说再见。"

毛团说："每个人都会再也不见。但不必难过，我们会以另一种方式互相陪伴。"

第六个篇章

献给失眠的夜：我在凌晨等黎明

是的，在我的生命里，也有过无人陪伴、无人问津的时刻。

我并不是一开始就那么幸运地拥有了毛团那么好的伙伴。

它就像我的一个好朋友，走散过，又重聚，再次走散，再次相聚。

每一个阶段的我们，都是崭新的。

但每一个阶段，我们都需要彼此的陪伴。

成长的路上，大多数时光，我们只能是自己一个人。

当我一个人的时候，自由过，潦倒过，荣光过，也失败过。

没有朋友的陪伴和指引，我不小心把自己活成了一支队伍。

那些事与愿违的时刻，那些撕心裂肺的时刻，无法转瞬即逝，会一直隐隐作痛。

让我们沉淀，也让人生沉甸甸。

我用双手拥抱这沉甸甸的一切，如同秋天那个收获颇丰的农夫。

65 谢谢你的肯定

是月光让黑夜朦胧，是迷茫让内心迷人，是不确定让人生肯定。

66 缠绕的思念

你陪我喝过那杯茶，在最漫长的一个下午。

那种失落的感觉缠绕了我很多年。后来，我才明白，

这种梦不到理还乱的痛觉叫思念。

67 孤岛与星河

男孩说："在这个城市里，每个人都是一座孤岛，被囚禁在自己的世界里。"

毛团说："每颗星球也是银河系的一座孤岛。但在我的心中，它们是一片星河。"

68 最孤独的人

那个最孤独的人，应该是走在黑暗的路上，
内心不再住着星星，也没了追逐月光的勇气。

69 爱情就像一场冒险

男孩：“原谅那些像我一样少不更事的人，纵使爱的旅程危险重重，流着眼泪也要飞越。”

毛团说：“我只剩下羡慕。”

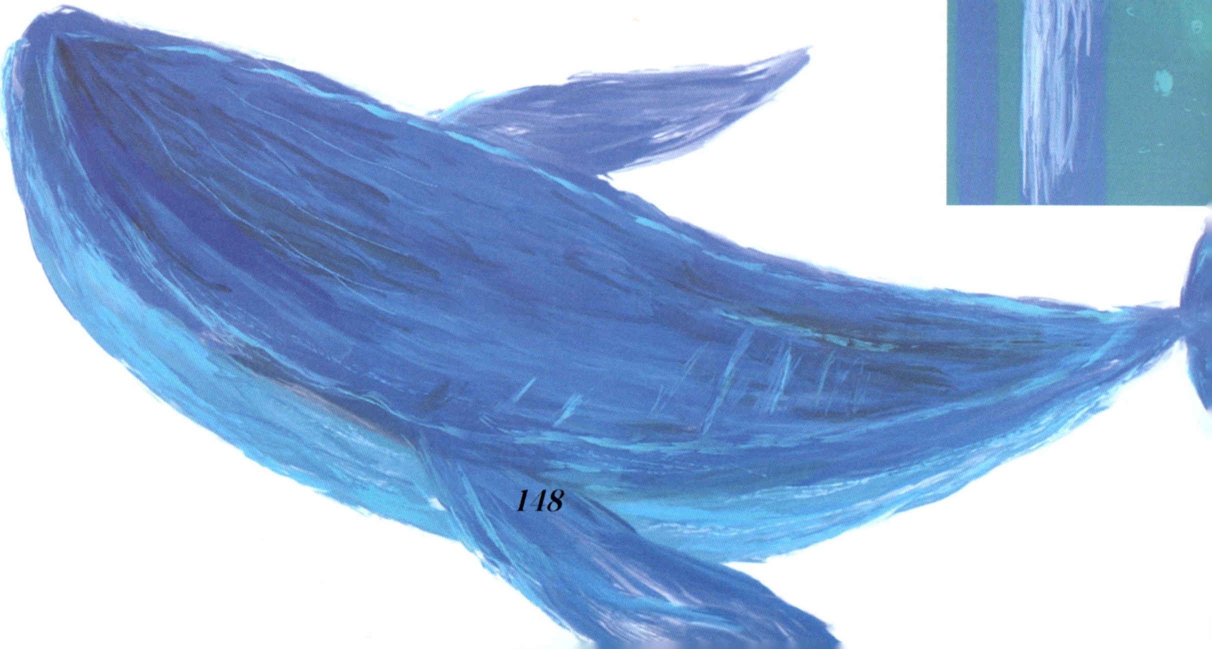

70 像我一样的人

我不过想遇见一个像我一样的人，心里住着一个不可能的人，喜欢在海边等日落，等人潮散去再相遇的瞬间。

71 你也放弃过挚爱的人吧

男孩说:“丢掉爱情后,我裸辞,坐上列车,出发去了自己也不知道的远方。”
毛团说:“成熟以后放弃什么都不过分,年少时经历什么都不奇怪。”

72 短暂的快乐

我一个人行走，看火树银花，看漆黑的夜，看你走向我，又远离我。

谢谢你让我拥有过短暂的快乐。

73 当你很爱一个人

我想象自己乘坐一叶孤舟，无限地靠近月亮以及你的温柔。

原来这就是爱一个人的模样。

74 一个心怀恐惧与诚恳的人

恐惧让我重拾真实，鼓励我重新认识自己。

恐惧让我无比清醒，也给了我无限的勇气。

75 练习一个人入眠

被你丢弃的那只猫咪，我守护着它入眠，醒来。

被你丢弃的那个我啊，用了很久的时间，练习入眠，醒来。

76 我比黑暗强大

失眠的时候，你会想什么？

我会想自己究竟拥有什么样的超能力，居然拥有对视黑暗的力量。

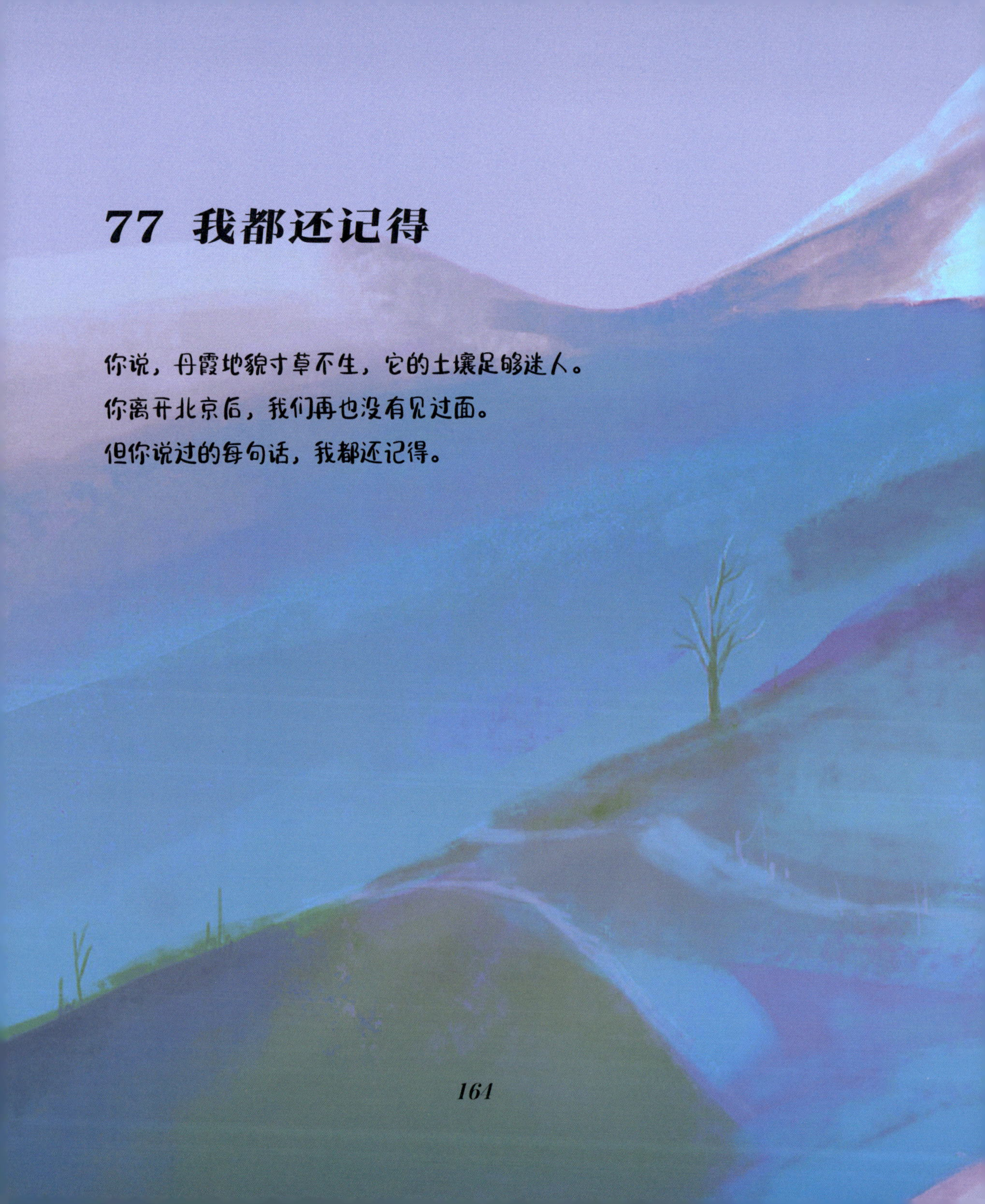

77 我都还记得

你说，丹霞地貌寸草不生，它的土壤足够迷人。

你离开北京后，我们再也没有见过面。

但你说过的每句话，我都还记得。

78 你陪伴我的时刻

如果注定我将一个人走过黑暗，你陪伴我的时刻，都是闪着金光的回忆。

珍贵又特别。

79 不说话的爱情

最后的最后，我终于在边疆的冬天再次遇见你。我还是我，你却不再是你。

我们都没有说话，眼泪回答了一切。

80 如果爱是一条河流

如果爱是一条河流，你就是河流所有的颜色。

即使筑梦的空间一触即倒，我们有过快乐的记忆已很好。

81 灯下等你

男孩说："冬日的路灯，仿佛聚集了所有故事的朦胧。"

毛团说："我们都在灯下等过一个人，也在那一刻成了另一个人。"

82 一场流动的盛宴

把人生想象成一场流动的盛宴。有深刻，有肤浅；有起伏，有平缓。

每一个感受到美的时刻，幸运仿佛不请自来。

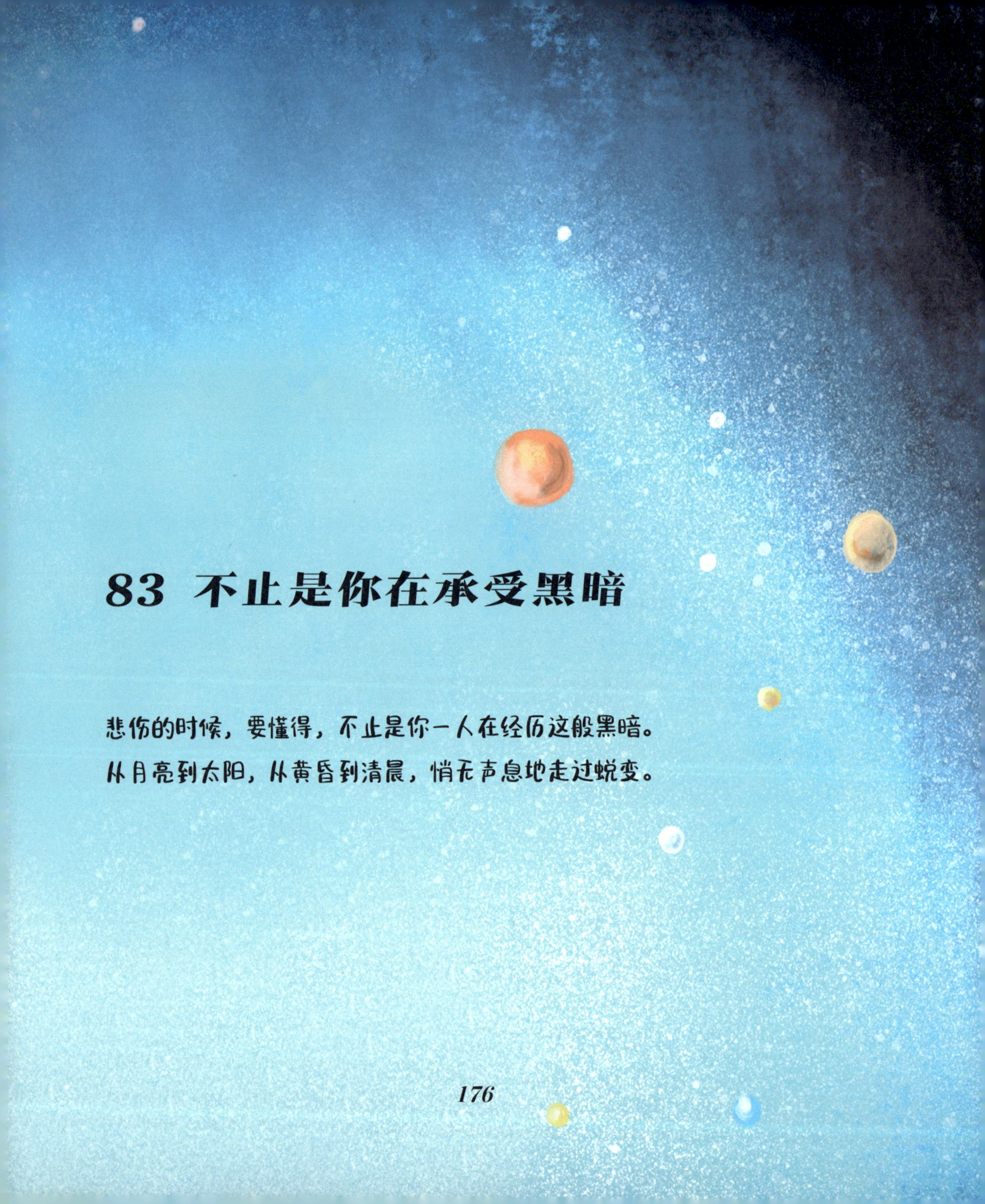

83 不止是你在承受黑暗

悲伤的时候，要懂得，不止是你一人在经历这般黑暗。

从月亮到太阳，从黄昏到清晨，悄无声息地走过蜕变。

84 面目模糊的大人

我在人群中常常分不清自己是谁。仿佛所有人都是面目模糊的大人。

抱歉，我不要成为和他们一模一样冷漠的大人。

85 自洽的梦

生活啊，给我一个自洽的梦吧。

我无须追赶任何人，也可以抵达远方。

我无须迷茫任何事，也可以如愿放下。

86 我不想成为另一个人

有过堕落，有过彷徨，有过探索，
有过收获，有过沉浮，有过荣耀。
我在这个过程中，成了这趟旅程的主人。
不然我将成为另一个人。

87 暗恋的你我

每一个下雨的夜晚，我都想送你回家。

却总是慢半拍，跟在你的身后，目送你回家。

你从不曾回头看我一眼，我从不敢开口喊你的名字。

88 为爱换一座城市

因为那个女孩的存在，她待过的城市成了我最向往的地方。

可我没有选择为她换一座城市。

不是不够爱她，是怕无法给她更好的爱。

89 故乡的树和故事里的你

多年后，我才明白，故乡的每一棵树都写满了故事。

故事的主角是那个执剑少年，在异乡为得到和失去，而做的妥协与求全。

90 爱的超能力

每当音乐响起来，我就与周围的一切分化成了两个世界。

我仿佛拥有了某种超能力，可以漫步宇宙，可以穿越时空。

虽然自己只是沉落在地铁上的那个普通人。

91 爱情的本来模样

我无数次梦见一个女孩，她好像是我的一部分。
是我抓不住又梦寐以求的，是我不能一直拥有
却无法放手的一部分。
他们说这就是爱情。

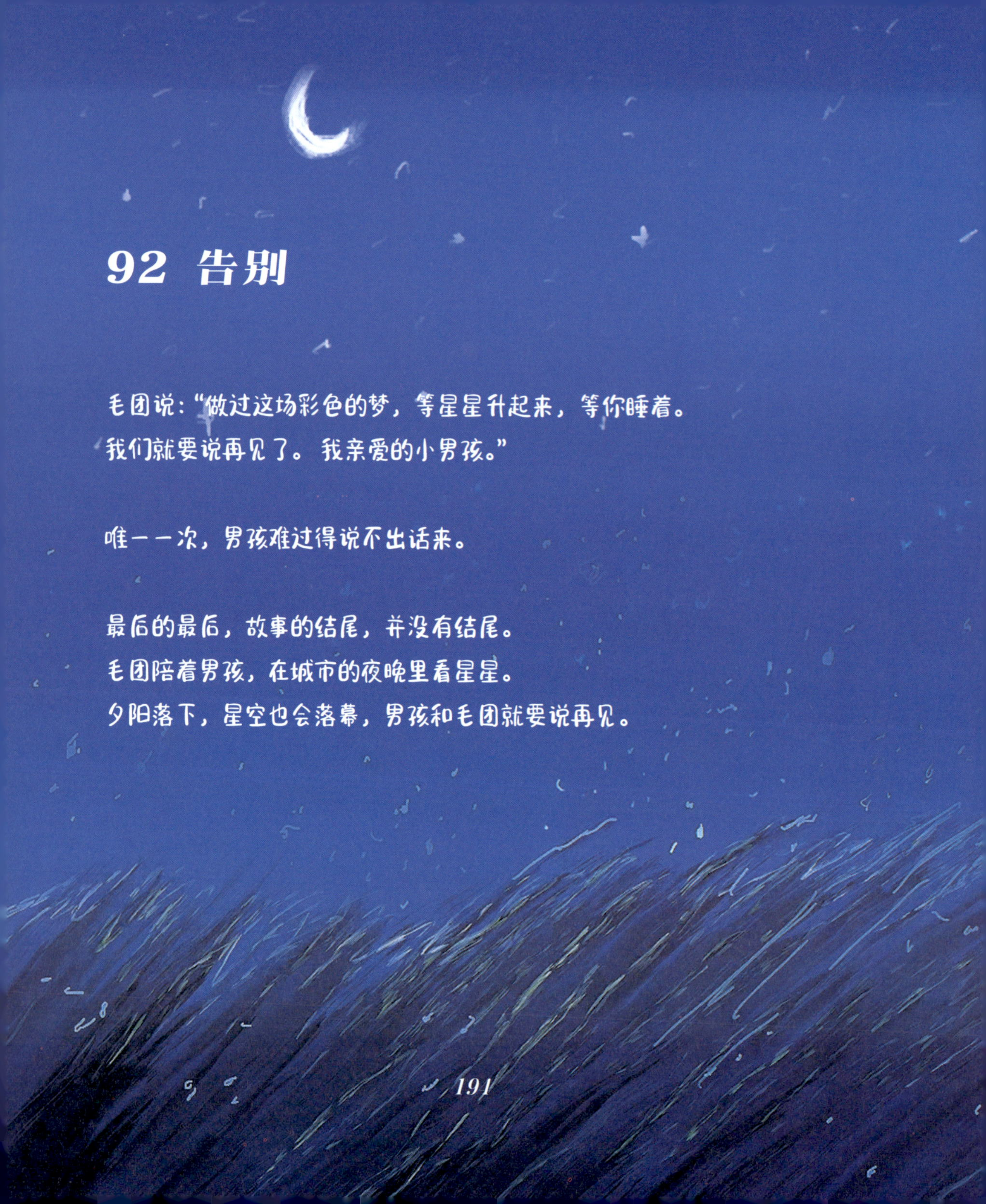

92 告别

毛团说："做过这场彩色的梦，等星星升起来，等你睡着。我们就要说再见了。我亲爱的小男孩。"

唯一一次，男孩难过得说不出话来。

最后的最后，故事的结尾，并没有结尾。
毛团陪着男孩，在城市的夜晚里看星星。
夕阳落下，星空也会落幕，男孩和毛团就要说再见。

男孩，是那么普普通通的男孩。就是人群中的你和我。
而你，却是那么不普通的一个人，因为你在照亮生活的全部。
每个人都是有潜能的。但潜能会睡着。成年以后，潜能被过多的杂事困扰。
困扰时，愿男孩和毛团的故事，可以陪伴你的孤独。

后记

不想与遇见的每一个你，说再见

在这本书里，我想讲述关于一个男孩的孤独与陪伴的故事。

小男孩没有名字。他是那个爱失眠，假装胆子很大的人。

他也是那个没有退路，凡事只能靠自己的人。

他是那个聪明又善良，但很少得到肯定的人。

他不是小王子，不是青蛙王子，更不是白马王子。

他没有魔法，也无法让自己拥有超能力。

他是一个普普通通的小男孩。

在这个故事里，有陪伴、温暖、等待，也有背叛、猜疑、失落；

有爬过雪山的美好，也有搭乘地铁的日常；

有飞过大海的辽阔，也有完成心愿的快乐；

有拥有所有后的怀疑，也有怀抱期待时的动摇。

有无数次被拒绝、被伤害、被打击后的错过，

也有风雨过后可能没有彩虹的脆弱。

在成长的过程中，慢慢地明白，喜欢就是，我还愿意再见你一面；爱却是，总有一滴泪为你而流，总有一盏灯愿意一直等你。

我终于，终于长大了，终于终于学会了掩饰脆弱，能一边流泪一边工作，能在大雨中奔跑，能跌倒了立刻爬起来。我终于，终于成为了你喜欢的样子，却忘记了自己本来是谁。

是谁，是谁不肯妥协，却无法找到认同感；是谁，是谁穿着得体西装，内心紧张得还像个孩子。

或者是你，明明羞涩，却要假装干练，勇气满满；或者是我，在黑夜里穿过再也没有你的城市，再也没有爱上任何人，再也没有遇见你。